GERMAIN PICARD

VIOLETTES

ET

ROSES

IIe SÉRIE

(SONNETS ET FANTAISIES)

PARIS

LACHAUD, LIBRAIRE-ÉDITEUR

4, PLACE DU THÉATRE-FRANÇAIS, 4

VIOLETTES & ROSES

e .

OUVRAGES DU MÊME AUTEUR :

GERMAIN PICARD

—

VIOLETTES

ET

ROSES

—

IIe SÉRIE

—

(SONNETS ET FANTAISIES)

PARIS

LACHAUD, LIBRAIRE-ÉDITEUR

4, PLACE DU THÉATRE-FRANÇAIS, 4

—

1873

PREMIÈRE PARTIE

Si le monde le fait souffrir
Il se rejette dans le rêve,
Et le voile de l'avenir
A ses yeux parfois se soulève.

I

LE GÉNIE

A M. F. B.

Au-dessus du troupeau des hommes,
Lorsqu'un sage élève son front,
La foule dit : « Ce que nous sommes,
Les hommes toujours le seront.

« En vain quelque fou téméraire
Ose s'élever parmi nous,
De l'égalité populaire
Le niveau passera sur tous ».

La foule dit, mais rien du sage
Ne trouble la sérénité ;
Il marche, semant au passage
Les paroles de vérité,

Jusqu'au jour où la calomnie,
Flattant la médiocrité,
Transforme en crime le génie,
La sagesse en impiété.

La justice alors fuit vaincue,
Et nous voyons, au nom des lois,
Socrate boire la ciguë
Ou Jésus mourir sur la croix.

II

LA STATUE DE LA LIBERTÉ

De Phidias le statuaire
Si j'avais le divin ciseau,
Je voudrais, rêveur solitaire,
Créer un chef-d'œuvre nouveau,

Et dans les flancs d'un mont sauvage
Tailler, pour la postérité,
L'étrange et colossale image
De la déesse Liberté !

Ce ne serait ni la furie
Montrant le bonnet phrygien,
Rouge emblème de l'anarchie,
Qui fait trembler les gens de bien ;

Ni la courtisane vulgaire,
Sans énergie et sans fierté,
Dont la sagesse populaire
Méprise la stérilité ;

Ni la déesse académique,
Froide et le glaive dans la main.
Ce serait une femme antique,
Au vaste front, au large sein.

Découvrant sa gorge féconde
Offerte à tous les malheureux,
Sa main gauche porte le monde,
Sa main droite montre les cieux.

Sous ses pieds elle tient des chaînes,
Et non pas des sceptres brisés;
La Liberté, calme et sans haines,
Respecte les rois déposés.

On verrait près de la statue,
Demi-voilés par un drapeau,
Un code ouvert, une charrue,
Et des armes formant faisceau,

Tandis que, groupés autour d'elle
Et fiers de vivre sous ses lois, .
Les Arts, de la grande immortelle,
Sembleraient écouter la voix.

De Phidias le statuaire
Si j'avais le divin ciseau,
Je voudrais, rêveur solitaire,
Créer un chef-d'œuvre nouveau,

Et dans les flancs d'un mont sauvage
Tailler, pour la postérité,
L'étrange et colossale image
De la déesse Liberté !

III

LE PHILOSOPHE ET SON VOISIN[1]

APOLOGUE

Un jour, un philosophe, un de ces gens qui sont
Toujours prêts pour le bien, descendit trois étages
Et chez un sien voisin, bourgeois entre deux âges,
    Il se présenta sans façon.
Après les compliments que l'usage commande :
« Je viens, monsieur, dit-il, non sans quelque embarras,
Solliciter de vous une modeste offrande
    Que vous ne refuserez pas. »
Le voisin cependant avait mis ses lunettes ;
Il fixa quelque temps son interlocuteur,
Puis il lui dit : « Monsieur, on fait beaucoup de quêtes

1. Composé pour le concert donné au profit de la Bibliothèque
du 14e arrondissement, le 28 janvier 1872.

Depuis notre dernier malheur,

Et je dois mesurer mes dons à l'importance

De chaque œuvre. Veuillez m'expliquer s'il vous plaît,

Celle dont il s'agit et que je crois d'avance

    Digne de tout mon intérêt.

— Sans doute, nous fondons une bibliothèque...

— Permettez... N'est-il pas de plus pressants besoins?

Nous avons, il me semble, une lourde hypothèque;

    Quelque trois milliards au moins,

Dont il faut avant tout débarrasser la France;

Nous avons des vieillards sans fils, des orphelins,

Des veuves... — Il est vrai, monsieur, mais l'ignorance

    A causé nos maux, et je plains

Notre pauvre pays, s'il ne sait pas comprendre

Que, s'il pleure sa gloire et sa prospérité,

L'étude et le travail pourront seuls les lui rendre

    Et lui donner la liberté.

Vous l'avez dit, il est de nombreuses misères,

Et pour les soulager il faut de grands efforts ;

Mais nous devons songer aux âmes de nos frères

Quand nous avons sauvé leurs corps ».
Le voisin réfléchit, puis il tendit sa bourse :
« Prenez, monsieur, dit-il, prenez tout, j'ai compris.
Du désordre et du mal l'ignorance est la source,
Et le savoir n'a pas de prix. »

Nous faisons aujourd'hui comme le philosophe,
Nous venons, confiants, à vos portes frapper,
Car vous savez, messieurs, à quelle catastrophe
Notre pays vient d'échapper;
Et vous savez aussi qu'à la tête du monde
Il reprendra son rang, le jour où les Français,
Pour le plaisir honnête et l'étude féconde
Déserteront les cabarets.

IV

LE 21 JANVIER 1793

Vive la république! et la foule stupide
Laissa prostituer le glaive de la loi
Tandis que, sans rougir, un sénat régicide
Disait : « C'était justice et c'était notre droit »

Mais en vain le sophisme applaudit l'homicide,
Dieu les a condamnés, tous ces juges sans foi,
Et les a fait rouler sur l'échafaud humide
Et rouge encor du sang d'un martyr et d'un roi.

Girondins, Jacobins, dans le même anathème,
Si chacun ici-bas récolte ce qu'il sème,
Le monde, un jour viendra, doit confondre vos noms;

Car, pour le châtiment de ce crime, nos villes
Ont vu quatre-vingts ans de discordes civiles
Décimer tour à tour les méchants et les bons.

·V·

A M. O.

A PROPOS DE SA STATUE DE L'ABBÉ DEGUERRY

Tel que nous l'avions vu souvent agenouillé,
Priant pour nous le Christ dont il était le prêtre,
Tel nos yeux étonnés peuvent le voir, ô Maître!
Surgir du marbre dur par ton ciseau fouillé.

De la liberté sainte hurlant le nom souillé
Et fiers de l'attentat qu'on leur faisait commettre,
Des hommes pour lesquels sa charité peut-être
L'avait en d'autres temps maintes fois dépouillé,

2

Fous armés pour le meurtre et la guerre civile,
Ou scélérats sortis des égouts de Paris,
Ont assouvi sur lui leur fureur imbécile.

Il est tombé martyr... Vieillard digne d'envie !
Les anges l'ont admis sous les divins lambris,
Et ton art ici-bas, maître, lui rend la vie.

1872.

VI

A M. L'ABBÉ P. C.

J'ose à peine, très-cher et très-vénéré maître,
Vous écrire, en songeant combien vous avez dû
Me trouver impoli. J'ai reçu votre lettre
Voilà tantôt deux ans, et n'ai pas répondu.

Mais votre affection m'excusera peut-être,
Car j'ai bien malgré moi si longtemps attendu,
Et, si mon cœur parlait, il vous ferait connaître
Que dans mon souvenir vous n'avez rien perdu.

Mais les longues douleurs de la guerre étrangère
Ayant pour dénoûment une paix éphémère,
Et l'émeute hideuse ensanglantant Paris,

M'ont courbé sous le poids d'une horrible tristesse.
Cependant ma raison redevient la maîtresse
Et je reprends ma route au travers des débris.

VII

RAPHAEL ET MICHEL-ANGE

Ils étaient deux alors dans la jeune Italie,
Le sombre Michel-Ange et le beau Raphaël,
Et tous les deux gravaient par la main du génie
Leurs noms prédestinés sur le bronze immortel.

Sans amour, le premier vécut sa longue vie
Pour la seule pensée. Artiste universel,
Il peignit, il sculpta, puis, de sa main vieillie,
Fit un temple géant, digne de l'Éternel.

2.

Le second, beau jeune homme, avide de louanges
Et de fêtes, peignit des vierges et des anges,
Chastes créations qui font rêver au ciel;

Il aima, c'était trop. L'amour et le génie
Tuèrent sa jeunesse, et notre âme attendric
Admire Michel-Ange et pleure Raphaël.

VIII

LES DEUX CONVOIS

Je vis entrer au cimetière
Deux convois : l'un, orné de blanc,
Suivi de vierges en prière,
Était le convoi d'une enfant ;

L'autre, qui venait solitaire,
Sans fleurs, sans croix, sans ornement,
Portait la misérable bière
D'un vieillard mort en blasphémant.

L'enfant était aimante et pure ;
Le vieillard, un roi de l'usure,
Tout plein de vices et de maux. .

Et la même heure au cimetière
Les réunissait, ô misère !
Car les hommes sont tous égaux.

IX

LE RUISSEAU

Il est un ruisseau qui serpente
Au fond d'un paisible vallon,
Roulant son onde transparente
Entre deux rives de gazon.

La pâquerette, son amante,
Lui fait baiser son jeune front,
Tandis que la fauvette chante
Sur un églantier du buisson,

Puis le ruisseau dans la rivière,
Après une courte carrière,
Va se perdre oublié de tous.

Ainsi fait toute créature...
Heureuse lorsque la nature
Lui donne un destin aussi doux

X

LA ROSE[1]

Quand sa tunique de verdure
S'ouvre pour livrer au matin
Tous les trésors dont la nature
Prodigue orne son jeune sein,

Quand sa corolle fraîche et pure
Exhale des parfums divins
Elle se redresse, bien sûre
D'être reine de nos jardins.

1. Voir dans les *Nouvelles* de l'auteur la nouvelle intitulée : *Le Sonnet à la Rose.*

Rose blanche, pourpre ou noisette,
Avec tes grâces de coquette
Qui pourrait lutter? dis-le moi.

Nulle, et pourtant la violette,
Qui se cache, aimante et discrète,
O rose! nous plaît mieux que toi.

XI

DONNEZ

Enfants, quand sur votre passage
Un vieillard demande son pain,
Quand, triste et cachant son visage,
Une femme vous tend la main;

Quand un pauvre enfant de votre âge
Vous dit : « Mon bon monsieur, j'ai faim ;
Un petit sou ! pour qu'au village
On me nourrisse encor demain ; »

3

Accueillez toujours leur prière.
Pour soulager une misère,
Enfants, il faut souvent bien peu.

Sans regretter votre humble offrande,
Donnez, pour que Dieu vous le rende.
Qui donne aux pauvres, prête à Dieu[1].

[1]. Ce dernier vers appartient à M. Victor Hugo.

XII

A PROPOS

DE LA REPRISE D'HERNANI

On disait : « Il n'est plus dans notre pauvre France
Un cœur où vive encor le saint amour du beau,
Les favoris de l'art ont perdu l'espérance,
Et dorment accroupis du seuil de leur tombeau. »

On nous calomniait, et, malgré l'apparence
Qui trompait les aïeuls sur le siècle nouveau,
Nous avons hérité de leur gloire, et, je pense,
Nous n'avons pas fléchi sous ce rude fardeau.

La grande nation n'est pas à l'agonie,
Mais qu'il lui vienne encor des œuvres de génie,
Elle saura montrer que tout n'est pas fini.

Hier n'a-t-il pas été pour elle un jour de fête,
Quand la foule accourait à la voix du poëte,
Et, comme au temps jadis, acclamait *Hernani*.

1867.

XIII

ÉPITRE PREMIÈRE

A Mme LA COMTESSE D'O...

Pendant que, pour doter vos lectrices fidèles

Des secrets merveilleux qui les rendront plus belles,

De la mode et du goût vous dictez les arrêts,

Je cherche de nos bois les coins les plus discrets

Et, faisant un effort pour vaincre ma paresse,

Oubliant les rosiers que le soleil caresse

Et mon cigare éteint, pour vous écrire en vers,

Madame, je me mets l'esprit tout à l'envers.

« C'est fort bien, cher monsieur, mais que pourrez-vous dire

Allez-vous me répondre en cachant un sourire :

3.

Ce qui s'est fait, se fait, ou se fera demain.

Nous savons tout. » Sans doute, et je voudrais en vain

Vous parler du beau monde et de la politique :

Vit-on jamais un sourd enseigner la musique?

Mais je puis vous conter ce qui se passe aux champs.

Septembre, au temps jadis, nous répétait les chants

Des enfants de Bacchus accourus des montagnes,

Les parfums du pressoir enivraient les campagnes ;

On vendangeait le jour, et l'on se rassemblait

Le soir dans les hameaux, quand l'aigre flageolet

Où la vielle donnaient le signal de la danse...

Les lourds sabots alors résonnaient en cadence.

Aujourd'hui, l'on est triste et l'on ne danse pas.

En comptant ses tonneaux, le vigneron, tout bas.

Dit que les temps sont durs, la récolte mauvaise

Et que l'impôt déjà lourdement sur lui pèse.

Puis il pense aux absents... aux fils ensevelis

Sous la neige à Belfort, ou tombés à Paris ;

Il essuie une larme au bord de sa paupière

Et, demandant à Dieu que la saison dernière

Soit bien vite oubliée et que les jours nouveaux
Soient meilleurs, avec calme il reprend ses travaux
Je pourrais ajouter qu'aux champs l'on se marie
Beaucoup, depuis la fin de la guerre ; l'on prie
Un peu plus qu'à Paris, l'on médit presque autant,
Et l'on rend ses fusils avec empressement.
Pour moi, sans regretter du quartier Montparnasse
Le macadam, je suis le nuage qui passe,
J'écoute les oiseaux, je contemple les fleurs,
Ou je rime en errant parmi les vendangeurs.

Voilà les vers promis, Madame ; je souhaite
Qu'ils plaisent à tous ceux qui liront la *Gazette*.

Septembre 1871.

XIV

ÉPITRE DEUXIÈME

A M. P. DE L.[1]

Lorsque vous vîntes, l'autre soir,
Mon cher, au quartier Montparnasse,
J'avais grand désir de vous voir
Pour causer de ce qui se passe.
Mais dès le matin j'avais dû
Me rendre à Saint-Germain en Laye :
Non pas que je fusse attendu
Pour y chasser sous la futaie,

---

[1]. La rime n'est pas riche, en vérité :
Mais par ce temps de crise monétaire,
De lourds impôts on fuit la prodigalité
Pour se réduire au nécessaire.

Non, j'ai l'honneur de n'être ami
D'aucun de ces petits grands hommes
Qui, pour ne rien faire à demi,
Nous ont conduits où nous en sommes.

De part le capitaine Hiver,
Substitut, un baudrier jaune,
Beau guerrier, qui sans être fier,
Fait des vœux pour qu'on le galonne,
M'avait, comme bon citoyen,
Ordonné d'aller sans mystère
Dire que je ne savais rien
A messieurs du conseil de guerre.
J'obéis, et très-gravement
Je leur portai mon témoignage,
Utile, je ne sais comment.

Enfin, après le parlotage
De son défenseur, l'accusé
Fut emmené par deux gendarmes,

Et le jugement prononcé
Devant la garde sous les armes.

Ainsi, pour n'avoir pas compris
Qu'on respecte parfois la Chambre
Et qu'en mars il n'est pas permis
De la chasser comme en septembre,
Jusqu'à sa mort notre homme va,
En bénissant la république,
Méditer à Nou-Ka-Hiva
Sur la justice politique.
Je ne blâme pas, entre nous,
Le verdict du conseil de guerre,
Mais je voudrais qu'on fut pour tous
Également juste et sévère,
Et puisqu'on trouve (avec raison),
Que la révolte est criminelle,
Je voudrais qu'on jugeât..... n,
......s,.....t et leur séquelle.

Octobre 1871.

XV

ÉPITRE TROISIÈME

A M. J. B. D.

Quand, vers la fin de la saison dernière,
A mon retour des champs, j'allai chez vous
Pour vous serrer la main, votre portière
Me dit : « Monsieur n'habite plus chez nous.
Pour un petit hameau de Saône-et-Loire,
Depuis huit jours, il a quitté Paris. »
De ce départ, et vous pouvez m'en croire,
Je fus peiné beaucoup plus que surpris.
Car, dans ces temps de discorde civile,
Vous faisiez bien d'aller chercher la paix

Et le repos loin de la grande ville.

Mais je compris qu'à cela je perdais

(Voyez, monsieur, quel est mon égoïsme!)

Le droit d'aller avec vous, les mardis,

Flétrir l'orgueil et le charlatanisme

De certains fats, grands hommes inédits.

Dès ce moment je voulus vous écrire,

Mais j'ai depuis laissé passer trois mois,

Car j'espérais un temps où l'on pût rire

Et se moquer des sots comme autrefois.

Hélas! le ciel n'a pas eu d'éclaircie;

Et toutefois sur ce qu'on fait ici,

Puisque chacun dit son mot, j'apprécie

Que je puis bien dire le mien aussi.

Je n'ose pas causer de politique...

Tout est confus à n'y comprendre rien,

Et je ne sais si c'est la république

Que nous avons, l'oligarchie ou bien

Quelque hypocrite et molle dictature.

Où marchons nous? Je n'en sais rien non plus,

Et monsieur Thiers fait, je me le figure,
Pour le savoir des efforts superflus.

S'il faut parler des mœurs, hélas! je gage
Que vous plaindrez notre pauvre Paris.
Tous ses malheurs ne l'ont pas rendu sage;
Il court en masque à travers les débris.
A l'Opéra, Strauss l'exploiteur d'artistes
De la folie agite les grelots;
Filles de marbre et boursiers et banquistes
Depuis longtemps ont rouvert leurs tripots.
Les jeunes gens oubliant nos misères,
Ivres de vin et d'amour frelatés,
Chantent joyeux quand sous les toits des pères
Les ours germains sont encore abrités.

Rien n'est changé : l'auteur du *Demi-Monde*
A fait jouer deux études de mœurs,
Les derniers nés de sa verve féconde,
Qu'auraient sifflés tous autres spectateurs;

4

Victorien donne le *Roi Carotte* ;
Tableaux vivants, cyniques nudités,
Mots libertins qu'à Bullier l'on chuchote,
Avec grands soins pour le peuple apprêtés,
Ont détrôné les gloires de la scène ;
Ailleurs on chante ou l'on braille en buvant
Sur des tréteaux mainte calembredaine...
Vous voyez bien que Paris est vivant.

Cela, monsieur, est bien triste sans doute,
Mais je ne puis encor désespérer,
Et je me dis : La France n'est pas toute
A Paris : essayons de la régénérer.

Janvier 1872.

XVI

ÉPITRE QUATRIÈME

A M. E. P.

Depuis que j'ai quitté la France
Et vû des gens de tous pays,
Mon cher, j'ai repris confiance.
Les Teutons nous ont envahis,
Battus, volés, sans aucun doute;
La révolte a passé sur nous,
Ivre et déchaînant sur sa route
Tous les bandits et tous les fous;
Semant le meurtre et l'incendie,
Des forçats, inventeurs de lois,
Nous ont donné la parodie
De la Commune d'autrefois.
Comptant nos malheurs et nos crimes,
Les nations ont dit tout bas :

« La France est au fond des abîmes

Et ne se relèvera pas. »

Vains calculs de la malveillance

Que l'avenir démentira !

Plus promptement qu'on ne le pense,

La France se relèvera.

J'ai vu des Germains et des Suisses [1],

Et je puis t'affirmer cela :

Malgré nos défauts et nos vices,

Nous valons mieux que ces gens-là.

La pudibonde Germanie,

Que tant de pédants et de sots

Depuis deux ans ont la manie

De nous vanter à tout propos,

A beaucoup plus d'hypocrisie

Que de sagesse, et beaucoup plus

De pesanteur que de génie.

1. Il n'est question dans toute cette épître que de la Suisse allemande. Tout Français doit regarder les habitants de la Suisse française comme des compatriotes.

Dans certains livres que j'ai lus,
On donne des vertus civiques,
De l'amour de la liberté,
Aux vingt-deux cantons helvétiques
Le monopole incontesté.
Jules Simon, Dieu me pardonne !
Cite leurs soldats ; le bourgeois
Qui passe et qui de tout s'étonne
Admire leurs mœurs et leurs lois :
Il est vrai, mais l'homme qui pense
Et qui voit, dégage bientôt
Le vrai de la vaine apparence,
Comprend, sourit et ne dit mot.

L'Helvétien fume et se grise,
Mange beaucoup, travaille peu ;
Est hospitalier... par surprise,
Et débauché... quand il le peut.
En dépit des belles paroles,
La triste médiocrité

A fait passer sur ses écoles

Le niveau de l'égalité.

Pour la milice fédérale,

A la parade elle vaut bien

Cette garde nationale

Qu'aimait tant le roi-citoyen;

Mais je doute fort qu'elle puisse

Défendre la neutralité,

Dernier rempart qui de la Suisse

Protége encor la liberté.

Ami, j'ai la ferme espérance

Que, malgré ses divisions,

Nous reverrons bientôt la France

A la tête des nations;

Laissons donc crier la sottise

Qui nous traite de corrompus,

Car l'étranger qui nous déprise

A nos vices sans nos vertus.

Juin 1872.

DEUXIÈME PARTIE

Je connais un garçon d'esprit
Trop positif pour être honnête;
L'usure paye sa toilette
Et l'adultère le nourrit.

I

UN MONSIEUR

Vous l'avez rencontré sans doute bien des fois.

C'est un tout petit homme à la forte encolure,

Jambes torses, gros ventre et sourire narquois,

Sans cesse ramenant sa rare chevelure

Et cachant ses yeux gris sous des lunettes d'or :

D'ailleurs parfaitement eñ règle avec la mode.

Aux filles de carton on dit qu'il plaît encor

Et se montre partout d'un commerce commode.

Il reçoit la *Patrie,* en sage citoyen,

Et porte un vote honnête à l'urne électorale ;

En somme, aux yeux de tous c'est un homme très-bien

Qui paye ses billets et parle de morale.

Et, cependant, monsieur est un coquin parfait.

Venu de son pays gueux comme un rat d'église,

Sans fausse pruderie il fit tout ce qu'on fait

Lorsqu'on veut arriver à la terre promise

De l'orgueil et du vice : il fut vil et changeant,

Flatteur et libertin avec économie ;

On ne sait trop comment, amassa quelque argent

Et fit choix d'une femme intrigante et jolie.

Dès lors il prospéra, car l'usure et l'amour

Grossirent son épargne avec cet avantage

Qu'il dérouta fort bien la critique, et qu'un jour

Il rossa le vieux beau qui payait son ménage.

A moitié ruiné par un méchant procès,

Grâce aux cancans de Bourse, il remit ses affaires

Et marcha désormais de succès en succès.

D'abord, quittant le nom qu'avaient porté ses pères,

Il se donnna le *de* par la *grâce de Dieu*,

Et mit en actions quelques riches carrières

Qu'il voulait acheter, on ne sait en quel lieu,

Pour se rendre agréable à ses actionnaires.

L'entreprise manqua, mais il agit si bien

Qu'il tripla son avoir et ne fit pas faillite.

Puis sa femme mourut, — comment ? — on n'en sut rien,

Et le nouveau Crésus, libre dans sa conduite,

Devint un personnage autour de l'Opéra,

Fit courir à *La Marche*, entretint une actrice,

Eut un large crédit, un hôtel, et montra

Que l'or fait oublier la bassesse et le vice.

Il reçoit la *Patrie* en sage citoyen,

Il porte un vote honnête à l'urne électorale,

Et passe aux yeux de tous pour un homme très-bien,

Qui paye ses billets et parle de morale.

II

C'ÉTAIT UN AIMABLE JEUNE HOMME

C'était un aimable jeune homme ;
Quand il passait la bouche en cœur,
Lorgnon à l'œil et vêtu comme
Le mannequin de son tailleur,
C'était un aimable jeune homme.

D'où venait-il ? Je n'en sais rien.
Manant, bourgeois ou gentilhomme,
Était-ce un élégant vaurien,
Ou le semblant d'un honnête homme ?
En vérité je n'en sais rien.

Tout ce que je puis vous en dire,
C'est qu'en des pays inconnus
Il avait, disait-il sans rire,
Des trésors qu'on n'a jamais vus ;
Voilà tout ce que j'en puis dire.

On le trouvait partout charmant ;
Dans les maisons les plus discrètes,
Au Club, à Mabille, à Longchamp,
A la Bourse et chez les lorettes,
On le trouvait partout charmant.

Il avait un bel attelage,
Un *binder* et deux grands laquais,
Et, quand il croisait l'équipage
D'un prince ou d'un duc, je voyais
Prince ou duc lorgner l attelage.

Il jouait comme un grand seigneur.
Gagnait-il ? perdait-il ? Qu'importe !

5

Jamais rustre en mauvaise humeur
Ne le fit jeter à sa porte...
Il jouait comme un grand seigneur.

Il avait nombre de maîtresses,
Car il payait, et la beauté
Vend ses fantastiques tendresses
Pour un peu de réalité...
Il avait nombre de maîtresses.

Un soir, il disparut sans bruit;
Son nom courut trois jours la ville,
Puis on ne parla plus de lui.
Peut-être fut-ce un homme habile
De disparaître ainsi sans bruit.

III

HURRAH!

Hurrah ! *Fille de l'air* nous donne la victoire
Et les nobles jockeys ont perdu leurs paris.
Oublions Waterloo, de funèbre mémoire.
L'Angleterre est en deuil, illuminons Paris.

Hurrah ! Vermouth triomphe, élevons à sa gloire
Un vaste monument dont les riches lambris
Transmettent ses hauts faits à l'immortelle histoire,
Et gravons-y ces mots : « Hommage de Paris. »

Hurrah ! la jeune France a battu l'Angleterre !
La vieille disputait l'empire de la terre
Et déchirait souvent le livre des destins...

Mais les temps sont changés... Pères, à votre taille
Ne nous mesurez pas : sur vos champs de bataille,
Il fallait des héros, et non pas des gandins.

1864.

IV

L'AUTRE JOUR, AU CHATEAU DES FLEURS[1]

L'autre jour, au Château des Fleurs,
L'orchestre chantait un quadrille
De Strauss, et, parmi les danseurs,
Passait une coquette fille,
L'autre jour au Château des Fleurs.

Elle était jeune, fraîche et blonde,
Avec des lèvres de corail,
Elle souriait à la ronde,

---

[1] Voir dans les *Nouvelles* de l'auteur la nouvelle intitulée *Les Conséquences d'une Satire.*

Et de ses dents montrait l'émail;
Elle était jeune, fraîche et blonde.

Sous son corsage de satin
On voyait sa fine ceinture,
Et les deux globes de son sein
Montaient, descendaient en mesure,
Sous son corsage de satin.

Ses grands yeux, brillants de malice,
Dans tous les groupes, avec art,
Semaient l'amour ou le caprice,
Et chacun cherchait un regard
De ses grands yeux pleins de malice.

Elle était belle en vérité!
Belle à tel point que la nature
N'a pas, dans sa fécondité,
Depuis cent ans, fait créature
Qui fût plus belle, en vérité!

Le lendemain sous sa fenêtre,
Tout près du nouvel Opéra,
Je passais sans la reconnaître ;
Mais un gandin me la montra
Le lendemain à sa fenêtre.

Elle était laide à faire peur,
Chauve, la bouche dégarnie,
Les yeux cernés et sans ardeur,
Le sein tombant, la peau flétrie.
Elle était laide à faire peur !

Car tous les jours, à sa toilette,
Un coiffeur lui met ses cheveux,
Tandis qu'une adroite soubrette
Fait son teint, sa gorge, ses yeux
Et sa ceinture de toilette.

V

AU BOIS DE BOULOGNE

Un dimanche d'avril, le soleil radieux
Jetait ses rayons d'or sur les vagues légères.
Du lac, où se miraient les promeneurs joyeux,
Et les arbres ouvraient leurs feuilles printanières.
Dans la grande avenue, un attelage blanc
Traînait au petit pas un brillant équipage
Dont les laquais dorés fixaient insolemment
La foule qui s'ouvrait pour lui livrer passage.
Sa marquise fermée, un bouquet à la main,
Une femme y laissait déborder ses dentelles,
Et, couchée à demi, les pieds dans le satin,
D'un regard dédaigneux contemplant les plus belles,

Semblait dire : « Je suis plus charmante que vous. »

De toutes, en effet, elle était la plus belle.

Les jeunes cavaliers, d'un sourire jaloux,

Comme des courtisans se pressaient autour d'elle,

Et moi, je l'admirais, je rêvais qu'elle était

Quelque noble duchesse ou quelque vierge pure

Attendant un époux; et mon cœur me disait :

« Quel bonheur d'être aimé par elle ! — Je vous jure

Que Flora vaut de l'or, me dit à demi-voix

Un vieillard mal vêtu, bourgeonné par l'ivresse,

Puant la pipe et l'ail. C'est la première fois

Que vous la rencontrez ? — Oui. — Si de la déesse

Vous voulez une nuit, je ferai votre prix,

Car vous me convenez. Bien que son avarice

Me prive de tabac, d'eau-de-vie et d'habits,

Je suis fier de Flora. Deux fous sont à l'hospice,

Trois banquiers ont failli pour elle, on s'est battu

Vingt fois, un vieux marquis a planté là sa femme,

Un duc s'est suicidé...—Vieillard, qui donc es-tu ? »

Lui dis-je. Et lui : « Je suis le père de Madame. »

V

QU'ATTENDAIT-ELLE?

Olympe a vingt ans, elle est blonde
Et son maintien est langoureux;
Elle a le plus beau teint du monde,
La taille fine et les yeux bleus.
Quand elle passe en équipage,
Chacun s'arrête souriant
Pour l'admirer, et le plus sage
Rêve d'amour en la voyant.
Un soir, en toilette brillante,
Elle attendait sur son balcon,

Allait, venait, impatiente,

Tantôt plissant son jeune front,

Tantôt se penchant vers la rue,

Et sous la dentelle on voyait

Frissonner son épaule nue,

Car l'ombre des nuits descendait.

Elle attendait... — Qu'attendait-elle?

Celui qu'elle aimait? — Oui. — Soudain

Elle le vit; une étincelle

Brilla dans ses yeux, et sa main

Envoya de sa bouche rose

Un baiser, puis elle rentra,

Et derrière la vitre close

L'amoureux bientôt se montra.

Et maintenant, s'il faut vous dire

Quel était cet élu du cœur

Qu'elle accueillait par un sourire;

Ce n'était pas le grand seigneur

Qui la fait vivre : elle lui donne

Des caresses et pas d'amour.
Ce n'était pas, Dieu lui pardonne!
Le poëte qui chaque jour
Fait porter chez elle une rose
Et les vers éclos dans la nuit :
Elle ne lit pas, et pour cause,
Les vers qu'elle reçoit de lui.
Ce n'était pas le beau jeune homme
Qui vient quelquefois ; ce n'était
Aucun de ceux que chacun nomme,
Mais un gredin qui la battait.

VII

SCENE DE MŒURS

Elle avait trente ans et n'était pas belle,
Mais elle avait tous les secrets de l'art,
Et les vieux blasés couraient après elle
Quand elle passait sur le boulevard.

Avide de luxe et de ce qui brille,
Elle vendait cher un semblant d'amour,
Elle avait grugé plus d'une famille,
Car elle changeait d'amant chaque jour.

6

Un soir, qu'elle était dans son équipage,
Au bois de Boulogne, elle électrisa
Un aventurier de noble lignage
Qui la crut très-riche et qui l'épousa.

Il mangea la dot et trompa la femme;
Elle se plaignit et s'en trouva mal :
On se sépara bientôt, et madame
S'en alla mourir dans un hôpital.

VIII

AMANDA

Je la voyais passer, la jolie ouvrière,
Et je suivais des yeux son petit bonnêt blanc
Et sa robe lilas. C'était presque une enfant,
Elle aváit eu quinze ans à la saison dernière.

Elle était vertueuse, et, malgré sa misère,
Avec un ris moqueur elle écoutait don Juan
Lorsqu'il venait conter fleurette; et cependant
La pauvre enfant n'avait jamais connu sa mère

Depuis, je l'ai revue au bois; son équipage
Ouvrait insolemment la foule, à son passage,
Et chacun admirait la reine de Breda.

Qu'était-il arrivé?... La jolie ouvrière
Avait eu le malheur d'aimer à la barrière,
Et cet amour, de Lise, avait fait Amanda.

IX

MADELONNETTE

Connaissez-vous Madelonnette?
Quand elle passe, la coquette,
La foule se tourne, muette,
Pour la contempler à loisir.
Aussi belle qu'une madone,
Elle a des yeux noirs d'où rayonne
Un éclair d'amour qui vous donne
Le frisson brûlant du désir.

On dit qu'en ses jours de paresse,

Sa chevelure de déesse

De ses boucles fines caresse

Des flancs taillés par Phidias.

On dit que sa gorge est plus pure

Qu'un lis ; on dit que la nature

Lui fit présent d'une ceinture

Dont Vénus ne rougirait pas.

On dit..., mais je ne connais d'elle

Que sa main, si blanche et si belle

Que jamais noble demoiselle

Près d'elle n'ôtera son gant ;

Son pied mignon, son bras d'albâtre

Et son épaule que, folâtre,

Elle montre avant de combattre,

Pour nous vaincre plus aisément.

Elle aime les fêtes bruyantes,

Les chants, les coupes écumantes,

Et ces paroles enivrantes
Qu'après souper l'on dit tout bas.
Elle aime la valse discrète,
Les équipages, la toilette,
Le lansquenet et la roulette...
Grand Dieu! que n'aime-t-elle pas?

Elle aime tout, Madelonnette,
Excepté ses riches amants;
Elle en rit avec sa soubrette,
Et les change... par passe-temps.

Elle a fait pleurer bien des mères,
Fait égorger de vieux amis;
Pour ses caresses mercenaires
Des crimes ont été commis.

Elle en ferait bien davantage
Si les hommes étaient plus fous,

Et peut-être elle serait sage
Sans les truffes et les bijoux.

Quelle est donc cette étrange fille
Au corps d'ange, au cœur de démon?
C'est une reine de Mabille,
C'est l'héritière de Manon.

X

MADELEINE

Madeleine a les cheveux blonds,
Livrés au vent qui les caresse,
Les mains blanches, les pieds mignons,
Et la taille d'une déesse.

Madeleine a la bouche rose,
Parfumée, à peine s'ouvrant,
Si bien que le sylphe s'y pose
Comme sur un bouton naissant.

Madeleine, dans son sourire,
Montre des dents de pur émail;
Elle a pour haleine Zéphyre,
Et ses ongles sont de corail!

Madeleine possède un signe
Noir, sur un menton incarnat;
Elle penche, comme le cygne,
Son cou flexible et délicat.

Madeleine, de Vénus même,
A le maintien voluptueux;
Mais ce qu'en elle chacun aime,
Ce sont surtout ses deux grands yeux.

Quand sous le tulle de son voile
On voit briller leurs globes noirs,
Chacun d'eux semble être l'étoile
Qui nous annonce les beaux soirs;

Et qu'en passant elle nous jette
Un seul regard, malheur à nous !
Car ce regard de la coquette
Pour jamais nous a rendus fous.

XI

SUR Mlle B.

Elle est presque spirituelle,
Elle a presque de la bonté,
Je la crois presque demoiselle,
Et ne dis rien de sa beauté.

XII

MAIS IL EST DOTÉ D'UN COUSIN

Madame est gracieuse et bonne,
Elle est jeune, elle a de l'esprit,
Et, ce qui chez elle m'étonne,
Est aimable pour son mari.
Pourtant, ce vieillard sans cervelle,
Moitié pédant, moitié crétin,
N'a rien pour séduire une belle,
Mais... il est doté d'un cousin.

Madame, élégante et coquette,
Est une des reines du jour ;
Elle observe dans sa toilette
La dernière mode qui court.
Pourtant, Monsieur, dont l'opulence
S'est envolée un beau matin,
Ne peut suffire à la dépense ;
Mais... il est doté d'un cousin.

Madame, déjà trois fois mère,
Est fière de ses trois enfants ;
Aucun ne ressemble à son père :
Ils sont jolis et bien portants.
Aussi, dans tout le voisinage,
On chuchote d'un air malin :
« Monsieur n'a force ni courage ;
Mais... il est doté d'un cousin. »

XIII

LE PROGRÈS

Ève, notre grand'mère,
Avait pour vêtements
Une feuille légère
Et ses cheveux flottants.
Un berceau de verdure
Lui servait de boudoir,
Et quelque doux murmure
L'endormait chaque soir.

Mais, comme elle était femme
Et cherchait l'inconnu,
Elle vendit son âme
Pour le fruit défendu.
Puis elle entraîna l'homme,
Qui reçut de sa main
La moitié de la pomme
Fatale au genre humain.

Tout a changé de face,
Pour Ève, de nos jours,
Les feuilles ont fait place
Aux traînes de velours.
Il faut un équipage
Pour la mener au bois,
Et, dans son entourage,
Dix galants à la fois.

Comme elle est toujours femme
Et cherche l'inconnu,

Elle risque son âme
Pour le fruit défendu.
Mais la pomme fatale,
Se nomme parmi nous...
Des huîtres de Cancale
Et des perdrix aux choux.

XIV

LES PETITS LIVRES

Sous les vitrines des libraires
On voit, au retour du printemps,
Pousser, champignons littéraires,
Les in-dix-huit roses et blancs

Qui de certaines créatures
Et de certains mauvais sujets
Nous racontent les aventures
En écorchant le bon français.

Les drôlesses, sous les dentelles,
Sous le fard et les faux cheveux,
Se cachent pour paraître belles
Aux cocodès, leurs amoureux.

De même ces tristes brochures,
Pour attirer les yeux distraits,
Ont d'élégantes couvertures,
Des vignettes et des portraits.

Mais quand, séduit par l'apparence,
On les ouvre, bientôt à bout,
Pour peu qu'on ait d'intelligence,
On les rejette avec dégoût.

Je voudrais bien que l'on me dise
Où l'on peut rencontrer des gens
Assez gonflés par la sottise
Pour signer de pareils non-sens,

Et surtout dans quelle canaille
Ils vont recruter des lecteurs,
Pour que de partout l'on se vaille
Et par le goût et par les mœurs.

« Ces critiques sont un peu dures,
Va dire un jeune étudiant;
Quelques-unes de ces brochures
Sont écrites avec talent...

— Tant pis! l'on rit de l'imbécile
Qui signe un volume endormant:
Mais du poëte à 'ame vile
Le mépris est le châtiment. »

XV

ÉPIGRAMME

Abonné du *Siècle*, mon frère,
Vous qui pleurez monsieur Havin,
Consolez-vous, il vous reste La Bédollière,
Conservé dans l'esprit de vin.

XVI

LA CHAISE CASSÉE

A Mme LA COMTESSE D'O...[1]

Vous ordonnez, madame la comtesse,
Que je vous fasse un sonnet bien tourné
Pour raconter un chef-d'œuvre d'adresse
Dont je ne fus nullement étonné.

Ma vanité souffre, je le confesse,
De cet aveu ; mais je suis condamné :
Je m'exécute, et, malgré ma paresse,
Je vais rimer pour monsieur l'abonné.

1. Voir dans les *Nouvelles* de l'auteur la nouvelle intitulée .
La Distraction.

C'était un jour, un soir, devrais-je dire;
Le thé fumait, et l'on venait de lire
Un conte bleu récemment édité.

Ceci m'avait troublé, ne vous déplaise,
Et je cassai le dossier de ma chaise
Pour faire croire à mon humilité.

XVII

LA VACHE ENSORCELÉE

Jean-Claude avait une vache malade.

Le maréchal du bourg voisin,

Le rebouteur, son camarade,

Et le vétérinaire, y perdaient leur latin.

Rien ne pouvait guérir la pauvre bête.

Jean-Claude la mena chez Mathieu le sorcier.

Mathieu l'examina des pieds jusqu'à la tête,

Se fit payer,

Et dit au paysan : « La fatale influence

     De l'esprit malin a tout fait :

Ta vache est possédée, et nul par sa science

     Ne la désensorcellerait ;

     Il faut la mener à l'église.

Les prêtres peuvent seuls commander à Satan.

     Mais si tu veux qu'on exorcise

Ta bête comme il faut, va dimanche à Saint-Jean.

     Là se trouve un prêtre assez sage

Pour croire aux sorts et pour agir contre eux.

     Le curé de notre village

     N'est pas assez dévotieux.

TROISIÈME PARTIE

Monsieur est pauvre et Madame est coquette,
Mais, comme ils vivent très-unis,
Madame fait grande toilette,
Et Monsieur a beaucoup d'amis

I

TABLEAU DE GENRE

C'est un vieux cabaret; quelques tables boiteuses,
Des chaises, des rideaux aux voyantes couleurs,
Servent de mobilier, et deux lampes fumeuses
Éclairent vaguement un groupe de fumeurs.

Il sont trois. Le premier, renard de Normandie,
A la face anguleuse, à l'œil gris et sournois,
Fume dans une pipe ébréchée et noircie,
Et semble murmurer : « Je crois ce que je crois. »

Le second, grand gaillard à la tête carrée,
Très-crânement coiffé du chapeau de marin,
Éclaircit en riant sa figure bistrée
Et d'un air ébahi regarde son voisin.

L'autre est un beau vieillard; sa longue chevelure
Sur ses épaules tombe en cascade d'argent,
Et, glorieux stigmate, une ancienne blessure
Trace sur son visage un large sillon blanc.

Il cause d'autrefois en contemplant son verre,
Car le vin généreux lui rend le souvenir,
Et, quand on le fait boire et parler de la guerre,
Comme par un dictame il se sent rajeunir.

A côté du foyer, une digne matrone
Laisse, pour écouter, reposer son rouet,
Et ses charmes épais, que la toile emprisonne,
Font craquer sa ceinture et ployer son corset;

Tandis que la servante, une forte jeunesse,
Les bras nus, les cheveux relevés sur le f
Par l'ombre dérobée aux yeux de sa maîtı   ,
Curieuse apparaît à la porte du fond.

II

PAYSAGE

A gauche, une forêt; les chênes séculaires
Couvrent les pins chétifs et les pâles bouleaux,
Et le soleil couchant, à travers les rameaux,
Tamise ses rayons et dore les bruyères.

A droite, un petit lac dont les vagues légères
Balancent mollement tout un peuple d'oiseaux.
Un bateau vogue au large, orné de blancs rideaux
Qui de l'amour sans doute abritent les mystères.

Au fond l'on aperçoit le clocher d'une église,
Les murs blancs d'un village, une tourelle grise
A demi ruinée et le toit d'un château.

Tandis que deux grands bœufs couchés sur le rivage
Ruminent et, pensifs, regardent le sillage,
Qui va s'élargissant derrière le bateau.

III

LE PUITS QUI PARLE

A MONSIEUR A. V.

A propos de son dernier tableau.

Lise était une enfant et ne songeait, rieuse,
Qu'aux chiffons de la veille, aux jeux du lendemain ;
Lorsqu'au puits elle alla, seule et sa cruche en main.
Elle en revint bientôt, pensive et soucieuse,
Vers la terre courbant son visage hâlé.
L'enfant depuis ce jour fut une jeune fille.
Que s'était-il passé ? Le puits de la famille,
Si muet jusqu'alors, avait enfin parlé.

1873.

IV

LA JEUNE FILLE

Quoi donc peut faire ainsi rêver la jeune fille?
Elle a sur ses genoux déposé son aiguille,
Et ses beaux yeux, tournés vers l'horizon vermeil,
Comme ceux d'un enfant qui cherche ce qui brille,
Semblent chercher à travers la charmille,
Distraits, un rayon de soleil.

Suit-elle la triste hirondelle
Pour lui dérober ses petits?

Mais elle est bonne autant que belle,
Et veut qu'on respecte les nids.

Pense-t-elle à la pauvre mère
Qui va quêter pour ses enfants ?
Mais on l'aime et de la misère
On lui dérobe les accents.

Quoi don   eut faire ainsi rêver la jeune fille ?
Elle a sur ses genoux déposé son aiguille,
Et ses beaux yeux, tournés vers l'horizon vermeil,
Comme ceux d'un enfant qui cherche ce qui brille,
   Semblent chercher à travers la charmille,
      Distraits, un rayon de soleil.

Elle valsait, vive et légère,
Au bras de celui qu'elle aimait,
L'autre soir, et, qu'elle était fière !
Chacun tout bas les admirait.

On disait : « Anges de la terre,

Ils sont nés pour s'aimer tous deux. »

Puis, quand ils passaient vers sa mère,

On disait : « Ils seront heureux. »

Elle entendit ; voilà pourquoi la jeune fille

De ses doigts a laissé s'échapper son aiguille.

Voilà pourquoi, tournés vers l'horizon vermeil,

Ses deux beaux yeux, où l'espérance brille,

Semblent chercher à travers la charmille,

Distraits, un rayon de soleil.

V

SOUVENIR

Quand je sentis sa main brûlante
Toucher ma main, je frissonnai,
Et, prenant sa taille charmante,
Je l'embrassai.

« Hé bien ! monsieur, qu'osez-vous faire?
Murmura-t-elle doucement.
Si l'on nous voyait ! si ma mère,
Subitement

9

Paraissait ! — Ma bonne chérie,
Ne plissez pas votre beau front,
Faites les yeux doux, je vous prie,
Riez. C'est bon.

Maintenant, sur vos lèvres roses
Laissez-moi cueillir un baiser.
— Non. — Je l'ai pris. — Méchant. — Tu n'oses
Le refuser.

Si ta maman, par aventure,
Nous rencontrait là tous les deux,
Je la prendrais par la ceinture
Et, tout joyeux,

Je lui dirais : « Votre Lisette,
Bonne maman, nous aime un peu...
— Ce n'est pas vrai. — Si la coquette
Dit non, parbleu !

Je sais pourquoi, je devais dire :
Beaucoup. Maman, je l'aime aussi,
Mariez-nous. Vous osez rire
    De tout ceci ?

Écoutez donc, mademoiselle,
Ce que votre maman ferait.
— C'est bon, c'est bon, répondrait-elle,
    Mauvais sujet,

Vous avez la tête légère,
Mais le cœur bon, j'aime cela.
Si c'est vous que Lise préfère,
    Épousez-la.

— Peut-être ainsi dirait ma mère,
Mais moi, monsieur, je ne dis rien.
— Qui ne dit rien consent, ma chère,
    Tout va donc bien. »

Deux jours plus tard, sous la charmille,
Bonne maman nous rencontra.
Elle voulut gronder sa fille;
Lise pleura.

« Maman, il me disait des choses
Si douces! » Maman l'embrassa,
Puis, avant les dernières roses,
Nous fiança.

VI

LE PORTRAIT

Alors, je m'approchai du tableau... C'était elle,
Avec sa bouche rose et sa petite main,
Le front épanoui, souriante, aussi belle
Qu'au temps où je partáis en disant : « A demain ! »

Elle avait une robe noire, la dentelle
Me laissait deviner l'ivoire de son sein,
Et, dans ses longs cheveux, une rose nouvelle
Se cachait à demi, jalouse de son teint.

9.

Tout en elle était joie, et cependant naguère,
Elle me l'avait dit, les yeux gonflés de pleurs,
Nous avions pour jamais échangé nos deux cœurs,

Et rien de ses regrets ne devait la distraire.
Avant la fin du mois, les regrets avaient fui...
Et je rentrai chez moi pleurer toute la nuit.

VII

REINE ISABELLE

Un soir, en cour d'amour,
    Reine Isabelle
Demande au troubadour
    Chanson nouvelle.

Le troubadour lui dit :
    « Pour noble dame
Mon pauvre cœur nourrit
    Ardente flamme.

« Elle est blonde, ses yeux,
    Son gent corsage,
Font accourir les dieux
    Sur son passage.

« Monseigneur Apollo
   Seul pourrait dire :
Quelles grâces enclôt
   Son doux sourire.

« Ah ! que n'est-elle aussi
   Bonne que belle,
Pour accorder merci
   A cœur fidèle !

« Car je vois chaque jour,
   Croître ma peine,
Et je mourrai d'amour
   Loin de ma reine. »

Il dit ; on vit rougir
   Reine Isabelle,
Qui fut à l'avenir
   Et bonne et belle.

VIII

SI J'ÉTAIS HOMME

Si j'étais homme et si j'avais dans l'âme
Pour une femme
Un sentiment d'amour,
Je sais bien comme
Je m'y prendrais pour qu'à mon tour,
Je sois aimé, si j'étais homme.

Je chercherais d'abord une aventure,
Où je figure

En héros de roman,
Je ferais comme
Firent Lovelace et Don Juan
Pour être aimés, si j'étais homme.

Puis j'attendrais l'occasion propice,
Quand le caprice
Deviendrait de l'amour,
Et voilà comme
Je m'y prendrais pour qu'un beau jour
On vienne à moi, si j'étais homme.

IX

MON CŒUR L'AVAIT CHOISI

Il me disait : « Vous êtes belle. »
  Et j'écoutais.
Il me disait : « Je suis fidèle. »
  Et je croyais.
Il me disait : « A vous mon âme.
Ah ! donnez-moi la vôtre aussi. »
Et je l'aimais comme une femme
Aime l'amant qu'elle a choisi.

Puis, à l'église du village,

Il me jurait

Amour constant et sans partage.

Dieu nous voyait.

Et, sur l'autel de Notre-Dame,

Tremblante, je jurais aussi,

Car je l'aimais comme une femme

Aime l'époux qu'elle a choisi.

Plus tard, de son indifférence

Quand je souffrais,

J'avais encore l'espérance,

Et j'attendais.

Une caresse de mon âme

Chassait le plus cruel souci,

Car je l'aimais comme une femme

Aime l'époux qu'elle a choisi.

Mais sur mon balcon solitaire,

Pleurant tout bas,

J'attendis une nuit entière ;

Il ne vint pas.

Quand par le jour je fus surprise,

Je crus mourir de tout ceci.

Hélas ! je vis, et je méprise

L'époux que je me suis choisi.

X

BOUQUET FANE

A MONSIEUR A. V.

Parmi les vivantes images
Filles de ton jeune talent,
Ami, que font ces fleurs sauvages,
Sur leurs tiges sèches pliant ?
Ta main les a-t-elle cueillies,
Où vu cueillir, un de ces jours,
Où dans les campagnes fleuries
On va lutiner les amours ?

Ami, jette ces fleurs flétries,
S'il en est ainsi, car, sans fard,
Les compagnes de nos folies
Ne méritent pas un regard.
Mais, si d'une femme adorée,
Elles sont un don cher encor,
Si chaque fleur décolorée
Cache un baiser, comme un trésor
Conserve-les toute ta vie,
Car le temps ne peut leur ravir
Le parfum d'une bouche amie
Que leur garde le souvenir.

XI

A MADAME L.

POUR LE PREMIER JOUR DE L'ANNÉE 186...

Les anges, dont la voix chaque jour vous appelle
D'un nom bien doux,
Vont aux pieds de celui qui vous fit bonne et belle
Porter les vœux formés pour vous.
Ah ! si j'osais, madame, à leur sainte prière
M'unir du cœur,
Je dirais : « Dieu puissant, veillez sur une mère,
Chassez loin d'elle tout malheur;
Donnez-lui de longs jours et comblez la mesure
Des biens promis. »
Et puis j'ajouterais, mais bien bas, je vous jure :
« Que je sois un de ses amis. »

XII

A MADAME O.

Vous êtes jeune, riche et belle,
Heureuse mère et chère à votre époux :
Au premier jour de la saison nouvelle,
   Quel vœu formerai-je pour vous ?
   Que Dieu vous donne sur la terre
   De longs jours qui, passant heureux,
Ne laissent rien qu'une ride légère
Sur votre front, un souvenir joyeux

          10.

Dans votre cœur ! Que la reconnaissance

Suivant chacun de vos bienfaits

En soit la juste récompense !

Que jamais rien ne trouble votre paix !

Enfin, que, bénissant votre amour maternelle,

Dieu garde vos enfants si charmants et si doux,

Afin que, croissant sous votre aile,

Ils soient toujours heureux et soient bons comme vous.

XIII

PENSÉE

La jeune fille est un bouton de rose,
Dont la robe s'entr'ouvre et trahit les couleurs.
Avec amour si votre main l'arrose,
Vous la verrez, un jour, entre toutes ses sœurs
Épanouir sa corolle brillante.
Heureux si vous pouvez sur sa tige penchante
Cueillir alors cette reine des fleurs.

XIV

L'ENFANT A SA MÈRE

Mon ange est immortel, sur son aile légère
Il parcourt invisible et la terre et les cieux,
Il voit Dieu... Pauvre enfant, je n'attends, ô ma mère!
Qu'un baiser de ta bouche, un regard de tes yeux;
Je ne puis rien, sinon dans une humble prière
     Invoquer Dieu pour toi...
Eh bien! avec sa gloire et malgré ma misère,
     Mon ange est moins heureux que moi.

XV

A MADAME JENNY ***

Savez-vous ce que le poëte
      Souhaite,
Mademoiselle, à vos vingt ans ?
Puisque de la famille humaine
      La reine
Est une belle en son printemps,
Je souhaite que la vieillesse
      Caresse,
Sans les blanchir, vos blonds cheveux,
Et que jamais, aux jours d'orage, ,
      Nuage
Ne voile l'azur de vos yeux.

XVI

BOURGOGNE, CHAMPAGNE, AQUITAINE

Venise a le pont des Soupirs,
Le carnaval, les barcarolles
Et les gondoles
Berçant les filles des plaisirs.
Nous n'avons pas les barcarolles,
Et les soupirs
Ne troublent pas les nuits si folles
De nos plaisirs;

Mais nous avons les rubis de Bourgogne :
    Versez, amis, versez tout plein,
    Car l'homme heureux est un ivrogne
        Cuvant son vin.

    Manille a l'ambre du tabac
    Qui forme un nuage et s'envole
        Quand la créole
    Fume et rêve dans son hamac.
    Nous ne voyons pas la créole,
        Dont le tabac
    Parfume la lèvre et s'envole
        De son hamac;
Mais nous avons les grenats d'Aquitaine :
    Versez, amis, versez encor;
    Devant une bouteille pleine
        Le chagrin dort.

    Séville a les bois d'orangers
    Et les manolas andalouses

Qui font, jalouses,

Tourner la tête aux étrangers.

Nous n'avons pas les Andalouses,

Les orangers;

Nos femmes ne sont pas jalouses

Des étrangers;

Mais nous avons les perles de Champagne :

Versez amis, versez toujours,

Ce soir nous battrons la campagne

Chez nos amours.

XVII

SONNET A LA LUNE

Tu dois bien rire, vieille lune,
Lorsque nos sonnets langoureux
De toi font une jeune brune,
Pour la rime et faute de mieux.

Tu dois bien rire, vieille lune,
Quand les poëtes amoureux
Disent que tu gardes rancune
A la courtisane des cieux.

Tes cheveux sont blancs de vieillesse,
Et, si nous t'approchions, déesse,
Ton front ridé nous ferait peur.

Ta vertu n'est pas inhumaine,
Un peu partout elle se traîne,
Pour servir les larrons d'honneur.

XVIII

TROIS OFFICIERS

Deux officiers faisant tapage,
Au sortir de l'estaminet,
Se rencontrent dans un passage,
Tout près d'un magasin coquet :
« Vous allez bien, mon capitaine?
Dit le premier. — Moi! non vraiment,
Répond l'autre; je vis à peine,

Cher lieutenant. »

Celui-là, tordant sa moustache,
Paré, sanglé, soufflait, râlait,
S'encouplait dans sa sabretache,
Et lorgnait tout ce qui passait ;
Mais le moribond capitaine,
Carré, ventru, le teint fleuri,
Se dandinait, ouvrant à peine
      L'œil à demi.

« Sang-Dieu ! voilà de belles filles,
Qu'en dites-vous ? — En vérité,
Elles me paraissent gentilles,
Et je vais boire à leur santé.
— Je voudrais être capitaine
Pour en former un escadron.
— Lieutenant, je vous crois sans peine ;
      Chargez à fond.

— Est-il une femme sur terre,
Qui puisse lutter contre nous ?

Le trèfle d'or met la plus fière,
Humble et soumise, à nos genoux.
— Et le vin ? dit le capitaine,
C'est mon lot, tonnerre ! et je bois
L'Aï, quand vous trompez sans peine
    Nos bons bourgeois. »

Alors passait, la tête basse,
Un porte-graines d'épinards :
Nos deux fanfarons lui font place
En se gaussant des vieux soudards.
Mais la France fut envahie :
On vit décamper nos amis,
Et le soudard donna sa vie
    Pour son pays.

XIX

J'AI CENT ÉCUS

Amis, pour nous mettre en liesse,
Le Pactole a coulé chez nous :
J'ai cent écus, et je m'empresse
De les dépenser avec vous.
A table donc ! que le Bourgogne
Dans nos verres coule aujourd'hui !
Je suis riche et veux être ivrogne
Et prodigue pour une nuit.

Assez longtemps, ô ma Lisette !
Je t'ai fait boire du vin bleu,
Quand tu venais dans ma chambrette,
Oubliant qu'elle était sans feu.
Maintenant la flamme pétille,
Et nous avons du chambertin.
Lisette..., déjà ton œil brille,
Ivre d'amour, ivre de vin.

J'aurais pu t'acheter, ma belle,
Chaîne d'or et riche manteau,
Et sous un voile de dentelle
Cacher ton modeste chapeau.
Mais à quoi bon tant de toilette ?
Lise, sous de nouveaux atours
Tu ne serais plus ma grisette,
La grisette des anciens jours.

On m'a dit : « Soyez économe,
Mettez vos écus de côté. »

Mes amis, avec cette somme
Chasserai-je la pauvreté?
Je ne crois pas. Pourquoi donc faire
Les garder, s'il en est ainsi?
J'aime mieux en millionnaire
Vivre deux heures sans souci.

Mais vous laissez mon verre vide,
Ingrats amis; versez toujours :
Je veux que sur ma lèvre humide
Passe l'oubli des mauvais jours.
Déjà je vois le monde en rose,
Le bonheur danse devant moi,
Faux ou vrai, — c'est la même chose;
Enchaînons-le sous notre toit.

XX

A MARGUERITE

Si tu voulais, ô Marguerite !
Quand la nuit tombe sur Paris,
Venir égayer le taudis
Qu'avec moi solitude habite,

Tous deux à table, de Bacchus
Nous boirions la liqueur vermeille,
Ce nectar brûlant qui réveille
Les adorateurs de Vénus.

Puis sur ma couche de poëte
Je te porterais dans mes bras ;
Cupidon suivrait et tout bas
Applaudirait chaque défaite.

Et toute la nuit je croirais
Habiter avec toi, ma chère,
Le jardin d'Adam notre père,
Marguerite, si tu voulais.

XXI

LE BOUTON DE ROSE

Sur le corset de sa voisine,
Albert vit un jour un bouton,
Bouton de rose, j'imagine,
A faire envie au papillon.
Il veut le cueillir au passage.
« Venez demain à mon réveil,
Dit la voisine, je suis sage,
Et la nuit me porte conseil. »

Lise voulait que cette rose
Fît à la fois plus d'un heureux ;
Ce même soir la vit éclose
Sous les baisers d'un amoureux,
Et lorsque Albert vint, à l'aurore,
Demander le bouton vermeil :
« Cueillez, voisin, dit-elle encore,
Cette nuit m'a porté conseil. »

Albert, qui voit la fleur éclose,
Veut s'en aller en souriant.
« L'homme propose et Dieu dispose,
Dit-il, et puis, se ravisant :
« J'emporte la rose, ma chère,
Et demain, après mon réveil,
Je verrai ce qu'il faut en faire,
Si la nuit me porte conseil. »

Le lendemain, à la coquette
Il rapporte sa pauvre fleur,

Et, la posant sur la toilette,
Il dit avec un air moqueur :
« Je voulais à votre corsage
Cueillir un bouton sans pareil ;
Il est fané, mais je suis sage
Et la nuit m'a porté conseil. »

XXII

ERNEST

Ernest, en parfait honnête homme,
Garde ses vices pour la nuit ;
Le jour, il se contente en somme
De recueillir le bien d'autrui.
Ce faisant, dit-il, il est sage,
Puisqu'il prend à des libertins ,
L'argent dont ils feraient usage
Pour scandaliser leurs voisins.

XXIII

ÉPITAPHE ANTICIPÉE

Ici gît un homme de bien
Qui médita toute sa vie,
Et jugea son propre génie
Si grand, si grand... qu'il ne fit rien.

TABLE DES MATIÈRES

—

PREMIÈRE PARTIE

DEUXIÈME PARTIE

TROISIÈME PARTIE

Imp. D. Jouaust, rue Saint-Honoré, 338. — 1260.

OUVRAGES DU MÊME AUTEUR :

www.ingramcontent.com/pod-product-compliance
Lightning Source LLC
Chambersburg PA
CBHW070800280626
47162CB00016B/1565